KB202022

처 음 본

달

* 지은이 : 이 상 록(양양시인)

* 멀리 부엉이 따라 북쪽 마을 갔다

돌아오는 길에 작은 산 언덕

위에 뜬 어머니 달

어머니

" Let me walk to the mountain that God in the Heaven wants and leads "

.......*2025 04 28 서울에서......

이 상 록

··

시인
영어강사
미국 11년 거주
강원도 양양태생
현북 초 중, 양양고교,
청주 사범대학, 외대 eMBA(NY1),
컬럼비아 대학 시문학 물결에서
헤엄치다 시인이 되다

시 등단 (2024),
시 신인상 수상 (2025)
시집 1 ... (처음 본 달)
시집 2 ... (산 너머 진달래)
샘 문학 회원
동대문 문화원 회원
한국 문학 회원

"처음 본 달"

....

먼 길을 갔다 오다
　　작은 산 위에 혼자 뜬 달
　　　　나를 반겨주는 사람 아무도 없었는데...
　　　　　어머니 먼 길 떠나 돌아오지 않는데...
　　　　찬 바람 불어와 초목도 몸을 숨기고
　　잠 들어 있는데... 이밤 나를 반겨주는
딱 한 사람 ..... 그대, 혼자 뜬 달
　　　　나도 그 누구의
　　　　　너였으면 좋겠다

(지은이 **이 상 록** 2025 04 25 서울에서)

인사 말 :

"너는 흙 파먹고 살아라 "

까마귀 물어다 준 까마듯한 날에 그런 말씀을 던지신
아버지, 농부가 되지 못해 죄송합니다

그 길은 너무나 멀고 험해, 도시로 도망친 죄
말씀에 거역한 죄, 미국으로 무단 날아간 죄
이제는 모두 용서해 주시는 거지요

사람보다 달과 별, 그리고 꽃을 더 사랑하다 보니 어느새
아들은 시인 되었어요 어머니 보다 아버지가 더 좋아 더
그립습니다 강원도 산과 들과 바다, 그리고 냇가에서
혼자 고기 잡던 추억들 .... 아버지와 1년 농사
지어본 경험 너무나 힘들었지만
내 인생의 그것은 큰 스승이었습니다

양양 고교시절 우리 집 앞으로 지나간 나비 소녀, 미국에
Mellen Grove, Steve, James, Martin, Jenifer,
Sunny.... 그리고 한국 독자 여러분에게도 깊은
감사를 올립니다

(2025 04 25 서울에서...)

＊ 첫 시집을 내면서 .....

”처음 본 달”

이 상 록 첫 시집에 ... 시 1~60편을 ...

마음속
깊은 곳에서 물이 흐르고
새가 날아와 지저 귀고 토끼도 송아지도 뛰어 노는 곳
개미와 지렁이가 씨름하는 곳, 그곳에서 자라는 잡초와 이름 없는 작은 꽃들이
서로 나눈 이야기 몰래 훔쳐 듣고, 하나둘 주어 모아
경험이 된 나의 이야기와 그들의 삶을 나무 나이테에 조금씩 숨겨 두었던 것이
봄이 오면서 다시 살아나 이제라도 넓은 세상에서 반짝 반짝 밤을 조금이나마 밝
혀 주는 반딧불이 되고 싶었다
한동안 버려진 땅에서 쓸쓸히 어미 없이 혼자 자라준 도라지, 뜰에서 하늘만 보
고 서 있는 맨드라미, 모서리 나뭇가지에 붙어있는 매미, 그들이 쓰고 남은 시간
을 조금씩 빌려다 써 본 글을 25년 지나서야 비로써
내 시집에 담는다 ＊**(시집 2 ....“산 너머 진달래”)**

詩, 시란 무엇일까요

어쩌면, “달밤에 개굴 개굴
　　　짝 그리워 노래하는 개구리 맘 아닐까요?

땅에서 달에서 별에서 ... 내 시를 읽고 그런 맘이 들었다면 난,
　　　그것으로 행복하리라　　나는 누군가
＊고향 강원도 양양에서, 서울에서, 젊은 시절을 보냈고
　　＊그 후엔 미국 뉴욕에서 11년을 살기도 했다 주로 영어와 관련된 일을하다
　　　지금은 영어와 우리말로 시 쓰는 작가로서 기쁨과 보람을 느낀다
　　　　제 글을 읽어 주시는 독자 여러분의 행복을 기원하면서...
　　　　　　(＊ 2025 01 27　서울에서... 이 상 록 ＊)

※ 장미꽃 한송이
  몇해전에

                              찍었어요

찍고 또 찍고
  사람 보다 꽃을
    더 좋아 합니다
* A rose is one of my favorite
  flowers.

목차 ...

1부 ....

목차 ...
2부 ....

목차 ...
3부 ....

목차 ...

4부 ....

목차 ...
5 부 ....

1. 처음 본 달

... 이 상 록

뉴욕
단풍나무 아래서
달
처음 본다

어디서 왔을까
아버지 몰래 장독 뒤에 숨었다
이제 온 것일까

일어 와와
산 비둘기 우는 피앗골
골은 지금쯤
아버지 맘 따라 산이 되고 골이 되어가겠지요

뉴욕
밤하늘 아래서
나
이슬 젖은 달빛
나뭇잎 떨어지는 소리에
긴
편지를 쓴다

2001 —

2. 바 람

... 이 상 록

바람 바람 바람
하늘 떠돌다   떠돌다
무엇이 되어 날 찾아 왔나

오월은 푸르게
강물도 푸르게

어제
돌아 가신 어머니 무덤가에
별 하나
떨어져 내려온다

지난 여름
번쩍, 밤 하늘 베어 먹고 달아 난
그 별 일까

어머니는 가고 없는데
난,
산속 무덤가에서 뻐꾸기 떨구간 그리움에
반짝,
별빛으로 운다

2025 —

3. 냇가에서

... 이 상 록

학교 갔다
돌아오는 길에
냇가에 뛰어 들어가 미역을 감는다

한참 즐기다
나와 보니 옷이 없다

누가
내 옷을 훔쳐 갔을까
바람일까
가끔
아롱거리는 그녀일까

물에 젖은 맘
햇살에 말리고
머우잎 엮어 추장처럼 걸어간다

앞서가는 강아지
힐끔 힐끔 날 뒤돌아 보며
웃는 것 같다

2025 —

4. 강남역   ... 이 상 록

강남역
오랜만에 첫 걸음 마음은 만 걸음
오고 가는 사람들 사이에 첫 눈이 내린다

지하상가에서
겨울 목도리 하나
내 얼굴은
어린 시절, 고향마을 돌담길에 숨어 핀 작은 꽃

한 사람이
글라스 타워는 어디에
강남 클리어 치과는 어디 있느냐고
파도처럼 다가와 묻는다

내게 이곳은
언 땅 물길 속 10년
속으로 뱀 꼬리만 흔들 뿐
말꼬리는 이을 수 없어...

잠시
난, 먼 산이 되어 간다
소나무 가지처럼 뻗은 출구 어디 두고 시골집
푸른 대문만 깜박 거릴까

2025 —

5. 님은 떠나가고...　　　... 이 상 록

그리움
푸른 새싹으로 돋아 날 때
종달새 뛰뚱, 내 마음으로 걷는다

저 구름
달 지우며 어디로 가고 있을까

오늘 낮
태양, 저렇게 많이 웃고 있었는데
시냇가 흐르는
물, 저렇게 많이 속삭이고 있었는데

떠난 사람
먼 산 노루 눈에 홀로 남은 구름 한 조각
눈발처럼 쏟아지는
갈대밭 추억

하루 ─
무당벌레
나그네 발끝에 머문다

2025 ─

* My hometown is near here.
On the road signboard you
can see the village name
"Hajodae" .

(*It' s taken late summer

on the way to

Sangkwangjeong-ri 2023)

6. 메아리

... 이 상 록

아버지
산 넘어 가시네

혼자 가도 좋으련만
늘
어미소 데리고 가신다

학교 갔다
집에 돌아와 책가방 사랑방에 던져 넣고
나도
아버지 밟고 가신 길 따라
산 넘어간다

아버지
아버지

세월 흘러
아버지는 없고
산,
메아리만 보이는 구나

2024 —

7. 꿩   ... 이 상 록

숲속에서
꿩 소리 날아온다

꿩꿩
님 찾는 소리인가
이번에도 "꿩꿩" 나 여기 있어요
혹시 그런 뜻

해는 지고 있는데
황새 짝지어 날아가고 있는데

꿩 ―
내 마음 슬쩍 베어 먹고
꿩꿩 ...
그 소리 저 푸른 언덕 넘어간다
멀리 날아간다

빈터 ―
긴 여운에 눈물 하나

2025 ―

8. 별이 되어

... 이 상 록

살쩌 오른 물에
살금 살금 기어들어 온 아기 물방개

누가 훔쳐 갈까
물고기 눈 뜨고 잠을 잔다

바람 없는 숲속
홀로 지나가는 휘파람 소리
누가 훔쳐 갈까
메뚜기 눈 뜨고 잠을 잔다

아픈 사람도
님 잃은 사람도 가끔 눈 뜨고 잠을 잔단다
서럽다 울지 말고
밤하늘 높이 멀리 마음 던져보자

한동안
안보이고 잊혀진 영혼들
모두 창문 열고 일제히 날 내려다보고 있었다

진달래 피는
작은 마을 소녀 희,
나도,
그 누구의 별이었나 보다

2024 —

9. 질투

... 이 상 록

일어
어디루
아버지 외침에
꿩 날아가고 소나무 날아간다

해가
달이 되기까지
아버지, 어미소와 함께 밭을 갈고 있어
쉴 때마다
어미소 목덜미 가슴 배 엉덩이도 만져주고

산길 돌아 집에 와
누렁이 목 끌어 안으며
눈 맞춤도 길게 이어 가신다

나에게
마음 한 톨도 안 까주시는 우리 아버지
언제쯤 철들까요

뾰족한 아버지 마음
저 초승달이 실어 멀리 산 넘어 갔으면...
뜰에
살구꽃 피었어도
아들은 웃지 못하네요

2024 —

10. 돌

... 이 상 록

길 없는 산
바람이 모여 사는 곳

큰 바윗돌
어디서 굴러왔나
작은 돌, 머리 위를 누르고 있어

무거워 어쩌나
하루 이틀도 아니고
내가 한 말은 굴러가 산 아랫마을에서 자라고 있다

세월,
흐르는 물길 따라
토끼, 산 넘어가는 길 따라

작은 것이 큰 것을 여전히 업고 있어
이젠
가라고 내칠 만도 한데...

스님
목탁 소리
어느새 구르고 굴러 작은 돌에 이르렀을까
구도자의 길에 이르면
큰 짐도 깃털이 되는가 보다

2024 —

* 서울 삼성병원을 지나면서...

* 2025년 04월 05일 새벽 1시 30분경에
  서울 삼성병원을 끼고 흐르는 대로변을 차로 지나다
  목련꽃을 그냥 지나칠 수 없어 사진을 찍어 두었다
  여기 한 장 올려 본다
      봄이 왔다고 큰 소리 한번 칠만 한 대도 목련은
  말없이 혼자 피고있다
  옷 한 벌도 없이 추운 겨울 잘 견디어 내고 환하게
  웃는 너의 모습이 참 대견스럽구나 * 매일 웃으면 암도
  지워진다는 데...
  억지로 웃어도 사람의 뇌는 웃는 것으로 착각한답니다
    목련 나무에 암이 없는 것은... 환하게 웃어주어 그런 것 아닐까요
      제가 봐도 웃는 사람이 가장 건강하고 멋져 보여요
      (You gave a birth to Spring.)

11. 롯데 타워

... 이 상 록

달,
어디 숨어있나

물새 하나 둘...
강변 따라 노을 따라

어두움 새겨지는 길목에서
갈잎 몇 개 달고 서 있는 겨울나무
나처럼
찬 바람 맞으며 님, 그리워하고 있을까

청담대교를
구렁이처럼 지나
잠실벌에 마음 하나 던져, 롯데타워를 오른다

넌,
일본도 미국도 눈을 뜨면 다 볼 수 있어 좋겠다
떠난 님도 길 잃은 고양이도
어디 있는지 다 찾아낼 수 있어 좋겠다

사람
올려다볼 줄 아는 세상 ―
법관 심중의 무게도, 양심의 길이도 이젠, 평등하게
편견없이 ... 니편 내편 다 지우고...
바른 마음
높이, 높이, 롯데타워 높이 만큼이나
위로 늘려가면 좋겠다

(2024 ―)

12. 섬

... 이 상 록

저기
섬 하나 있다

풍랑이 몰아쳐도
구름비 몰아쳐도
섬은 그 바다 섬으로

눈이 오면 어쩌나
뱃사공 노래소리 어쩌나
그 슬픔 그 외로움 멀리서도 보이는 데...

한 자리에서 천년
무엇이 그리 좋아 천년이나
아침에 핀 꽃 저녁에도 진다는 데...

저 섬
한 자리에서 또 천년을 이어 간다
님, 떠나간 자리
양양 바닷가 하조대 팔각정

봄,
다시 찾아오면
저 섬 다가와
날, 꼬— 옥 안아 줄까

(2025—)

13. 파도 소리

... 이 상 록

여름 바다
아직도 생생한데
파도는 혀끝으로 가을 노래를 부르고 있다

누가 벌써
가을을 오라 하는가

도토리
한입 물고 싶어하는
다람쥐일까
저 산
그리워하는 갈매기일까

여름 바다
그해 여름 바다가 내게로 걸어온다
손짓하고 있다
그래
모두가 바다를 떠나면
나
살며시 물살 져어 들어가
말하지 않고도 사랑할 수 있겠네
꼬 — 옥
끌어 앉지 않고도 사랑할 수 있겠네
너 ~ 를

(2024 —)

14. 앞집 여인

... 이 상 록

총각,
감 하나 줘
학교 갔다 돌아온 나에게
총각 ─

빨랫줄에 흰 손수건
앞집 여인
또
총각이라고 부르며 날 올려다 본다

외딴 마을
감 익어가면
17세 총각 마음, 감가지 타고 흐른다

가지 끝에
내 몸 실어 흔들 흔들 …

총각, 총각 …
그 소리
아직도 날 흔들고 있다

(2025 ─)

15. 하현달

... 이 상 록

꿈에,
바이칼 호수를
독수리처럼 돌아 나오다
석촌호수에 뜬 하현달을 본다

밤 깊어
물 깊어

하루의 노동을
주머니에 쓸어 담고
야호 —
잠실대교를 낙타처럼 뛰어가

저 먼 나라 은하 별빛
마음 끝으로 살짝 더듬어 본다

하하하
누가 웃고 있을까

이밤,
잠 하나 청해 볼까
하현달,
꿈결에 너를 본다

(2024 —)

* 늦게 홀로

　　남아 한 계절이

　아쉽다는 듯...

Awesome,

stay as a lover.

그래도 예쁘다

내 님으로 남아 다오

2부 ....

16. 시칠리아   ... 이 상 록

시칠리아
시칠리아
나
10월 들장미 불러와
함께, 이제야 너에게로 간다

바다 없이 살아
그리움, 너만큼 크고 맵구나

마음 한 바퀴
선창가에 뿌리고 섬섬섬 시칠리아 —
눈으로 만지고 맘으로 끌어안아
나도 돌고 섬도 돈다

가는 길에 시칠리아
먼 훗날에도 시칠리아
내가 사는 산촌 마을 언덕길
토끼 따라 가는 세월

구불구불 길게 늘려
멀리서 혼자서 그대를 그리워한다

(2024)

17. 엷은 사랑 　　　… 이 상 록

지난해
피었던 진달래 꽃
어제
산 넘어 와
우리 집 뒷뜰에서 웃고 있네

긴 여름 어떻게
긴 겨울 어떻게

처음
만나던 날
나는
달빛에 분꽃 같은 웃음만...

벌 나비
질투할까 봐
스쳐 지나가는 바람 질투할까 봐
난,
아무 말도 못 하고
냇가에서 홀로 뛰는 소금쟁이

이젠 나도
살짝 바람이 되어 가련다

(2025 ─)

18. 스탠포드   ... 이 상 록

저 산에
멧돼지, 멧돼지가 살고 있어요

사냥개
데리고 산에 갔다가
아들마저 잃어, 남은 것은 핏자국 그리움

아버지
술에 취해 집에 돌아 오신다

꿈속에 아들
아버지, 나만 아들인가요
세상의 젊은이들 다 아버지 아들로 길러 주세요
저는 죽지 않고 천국에서 살고 있어요

뭐 ―
살고 있다고 ...
학교를 세워 세상을 밝게 비추고 있는
스탠포드 (STANDFORD)―
그 이름 반짝 반짝 별이 되어 하늘에서 웃고 있어요
스탠포드 대학 설립자 아버지
캠퍼스 은행나무 아래서
별을 세고 있지요

(2024 ―)

19. 개구리   ... 이 상 록

엄마
개구리가
장독 뒤에서 뛰어왔어요

눈 동그랗고
뒷다리 길어 멀리 뛰는 녀석

겨울 내내
땅속에서 얼마나 배고팠을까

엄마
우리만
잘 먹고 잘 살면
하늘에 죄짓는 거 아닐까요

강물은 유유히
말없이 나눠주고 채워주며 간다

아빠
우리도 나눠 주며 살아요

(2025 —)

20. 피앗골

... 이 상 록

먼 산에서
들려온 단풍 이야기
미사리 마을에서 익어 가고 있다

여름 한철 보내고
황소가 끌고 온 가을 볏단 속에
아버지 속 마음 둗혀 왔다

쌀 한톨도
헛되이 낭비 하지마라
6.25 전시 때에 풀뿌리만 캐어 먹고 살았지

나는
도시 가로수
사람들이 오고 가는 길 한 모퉁이에 서서
풍요로운 가을이 고마워
눈물이 흐른다

아버지
아버지는 그렇게 사셨군요
아무도 없는
뻐꾸기 우는 그 산 계곡에서
일만 하다 손등 갈라져
해마다 가을 피 흘리신 아버지, 그래서
피앗골 이었나 봅니다

(2024 ―)

*2021년 7월 3일
서울 장안동 한 주택가에서 자라는
타이거 릴리입니다

(tiger lily)

* 2021년 07월 03일에 찍은 타이거릴리
        어린 시절 고향 양양 산촌마을 현북 상광정리
    집 뒷산에서
  자주 보고 자랐는데 ...
      어떻게 서울 장안동 한 주택가에서 자라고 있는지
      궁금해서 사진에 담아 두었지요
            See you again.

21. 벌레 먹은 계절 ... 이 상 록

어두움
어디서 오는걸까

여름에 본 오동나무
벌써 떠날 준비를 하고 있다

은행 나무도 물들어
검은 땅에 노란 추억을 뿌리고

홀연히
미련 없이 떠난
내 사랑도 이런 것이었을까

가을 낙엽 하나 주워
그대가 남겨 준 눈빛으로 만남이라 새겨

벌레 먹은 나뭇잎
사이로

애써
마음 펴
뜰에 홀로 잠든 가을 꽃씨를 들려다 본다

(2024 ㅡ)

22. 꿈

... 이 상 록

학교 졸업 후
바람에 떠밀려 서울로

내 꿈은
미국 사람처럼 말하고 글 쓰는
영어 교사였는 데...

나도 모르는 사이
바람에 휩쓸려 날아 가는 슬픈 낙엽
쌍마에 끌려가는 수레바퀴 같은 삶

화들짝
뒤늦게
숲속에서 뱀을 만난 꿩이랄까

이게 아닌데 하면서도
진짜 내 길을 멀리 가지 못했던 아쉬움

스르르
풀잎 헤치며
구르는 바람 소리에도 놀라는
꿩 —
나는 꿩이 아니라 뱀이었나 보다

(2025 —)

23. 서울 모기   ... 이 상 록

일 마치고
늦은 밤 집에 들어와 샤워를했다

내 침대에 누워
tv를 켜고 뉴스를 보려 하는 데...
엥 —
모기 소리 날아왔다

어제는
시골 가는 귀성객들
오늘은 설 명절이라 도시는 한산했고 빈 마을에
눈이 내렸다

녀석은
내 고향 양양에서 왔을까
기차 뒷칸에 숨어 왔을까

또 엥 —
몸은 보여주지 않고 소리만 보여준다
반갑다 고향 까마귀
먼 길 여기까지 왔으니 뭘 못해 주겠니
이젠
네 맘대로 먹고 마셔다오
나도 널 꼬 — 옥 끌어안고 자련다

(2025 —)

24. 한 사람   ... 이 상 록

들녘에 코스모스
바람따라 한들 한들 한 사람이 그려진다

허공에
나비처럼 오르면
달빛 모아 별빛처럼 빛나

침묵의 공간에서
나비,
하얀 춤을 춘다

온몸으로 맘으로 뜻을 새겨 간다
구름 타고 왔을까
그 한 사람

여운이
짙어 온다
몰래 훔쳐 본 탓일까

어쩌다
그대
꿈에도 보인다

(2024 ㅡ)

25. 벚나무   ... 이 상 록

밤길 걷다
문득 길 멈추어 선다

내가
심지 않은 나무에서
봄이 돋아나고 있었다

눈을 감은 채
작은 꽃봉오리 꿈틀대고 있구나

며칠 있다 다시 오마
혼자 찔러 넣은 약속

어찌 된 일인가
눈발 같은 하얀 꽃잎이 벌써
시름 시름

기다림에 지쳤을까
벚나무는
그렇게 또 봄을 지워가고 있었다

(2024 ―)

26. 아버지   ...   이 상 록

외딴 마을
산 비탈에서
일어 와와 밭 가는 아버지

뉴욕
밤하늘 아래서
아들은 가끔 달 쳐다보며 아버지를 그려본다

진달래
피는 마을에
소쩍새도 울었지

일어
와와

피앗골에
울려 퍼지는 메아리
봄 풀로 돋아나는데

산 뻐꾸기
지금쯤 어떻게 울고 있을까

(2001 ―)

27. 난 바보   ... 이 상 록

맑은 물 호수가
하늘을 담고 있다

개구리 우는 달밤 그곳에 가면
연꽃처럼 핀 한 송이
그리움 ─

누가
뿌리고 갔을까

한 사람이 흘리고 간
긴 여운 ─

다 줍지 못해 녹슨 아픔이다
아 ─
바람 부는 언덕에서 그리움만 그려가는
난
바보 바보 바보

(2024 ─)

28. 딱따구리   ... 이 상 록

산이 좋아
산에서 산다

저 산
저 푸른 나무에서
딱따구리 새로운 우주를 만들고 있다

친구야
사랑은
서로 탐색 하는 것
소리 내어 내 위치를 알리는 것
톡 꼬집는 말 버릇 쪼아 버리는 것
서로 도와 주는 것
둥굴게 말하고 둥굴게 행동 하는 것
항상 같이 다니는 것

딱따구리 딱따구리

지금도
나무를 쪼아 집을 짓고 있다
뽀족한 말
가시 돋힌 말은
모두 쪼아 저 숲속으로 던져 버린다

(2024 ─)

29. 흑 두루미 이사오다 ... 이 상 록

하늘을 떠돌다
　　내려와 시조사 삼거리
　　　　새 한 마리가 살며시 내려 앉는다

땅에 버려진
　　사람들의 이야기 속에서 먹을 수 있는 것을 쪼아
　　　　시조사 삼거리 정원에 묻는다

일찍이
　　하늘에 소원 올렸던 거룩한 땅
　　　　시조사에 하늘의 언어가 살아 숨 쉰다

아버지가 보내 준 7월이 그곳에 머물면
　　난, 호랑나비처럼 날아가
　　　　노랗게 빨갛게 잘 익어가는 꽃들의 향기에 입 맞추곤 한다

그 옛날
　　조상님이 남겨준 훈훈한 인심과 따뜻한 정 때문일까요
　　　　시베리아에서 소문 듣고 날아 온 흑 두루미
어제 동대문 의류시장에 갔다와
　　　　하룻밤을 품더니
　　　　　　이젠 서울에서 까치라도 만나
둥지 틀고 살겠다고...
　　우리집 매일 찾아와 떼쓰고 있다
　　　　내일 비가 와도 구청에 가야겠다

(2024 ―)

30. 키시나 팍 (Kissina Park)   ... 이 상 록

There is a lake in the Park.
Day after day a mother duck sings and lives
with 12 babies of her.

Whenever I feel lonely, I walk to the Park.

One day
a girl was walking and running around it.
At a glance I fell in love.
She was pretty as much as a flower that extremely looks beautiful.

Where is now the girl
who made me happy, even I didn't say a word to her with having
seen only in a distance?

As Spring's coming back,
the squirrel at that time is missing the girl
tonight also,
I can't take a full sleep due to the voice which acorns are falling
down.

(2025 —)

30. 키시나 팍 (Kissina Park)   ... 이 상 록

공원 안에 호수가 있어요
어미 오리가 새끼 12마리 데리고
날이면 날마다 호수에서 노래 부르며 살고 있지요

나는
외로움을 느낄 때는
언제나 걸어서 그 호수를 찾아갑니다

어느 날
한 소녀가 호수 주위를 돌고 있었지요
첫눈에 예쁜 꽃 한 송이를
보는 것 만큼이나 그 소녀는 예뻤습니다

말 한마디
건네지 못하고 멀리서
바라만 보아도 나를 행복하게 했던
그 소녀,
지금은 어디에 있을까요

봄은 다시 오고 있는데 ...
그때 그 다람쥐 님 그리워하고 있는데...
이밤,
도토리 떨어지는 소리에 잠을 이어 갈 수 없어요

(2025 —)

* 능소화 피는 날

* 능소화 피는 날
내 속에 묻어둔 그리움 감출 수 없어
밖으로 밖으로만 떠돈다
그런 미친 아이의 맘 누가 알아주랴
가까이 다가가도 밀치지
않는 능소화 ―
그게 바로
― 너였으면 좋겠다

3부 ....

31. 달팽이　　　　...　　이 상 록

달팽이
달 지고 가네
산 너머 그리움 지고 가네

꽃이 피어 봄인가
달에서 피는 꽃　님의 얼굴

부엉이 울어
달 떠나면 어쩌나

달에서
피는 꽃
내 마음 흔들고 있네

2025 —

32. 소녀에게 ~   ...   이 상 록

천둥소리에
살구꽃 피는 마을
그곳에 한 소녀가 살고 있었지요

풀 향기 날아와
꽃잎 같은 그리움

두 갈래
곱게 땋은 머리   바람에 쏘근 쏘근

아,
해는 지고
난, 어둠 속 연못가
무성한 풀 개구리 울음만 주워 담고 있구나

아카시아
향기 묻은 999일
속 마음 어디 두고 그리움만 삼켰을까

소녀여, 그리운 소녀여
난, 여전히 그 언덕 그 소나무 노란 손수건
그리워 한다

(2025 ―)

33. 기도

... 이 상 록

숲속에
검은 나무
한 자리에서 고목이 되었구나
무슨 소원 그리도 길고 길었을까

산산 산
홀로 부는 다람쥐 바람
묵은 나뭇가지 타고 기도가 되었구나

한 세월
산 줄기따라
홀로 뛰는 산토끼 따라
머루 다래 가지 타고 예쁜 기도가 되었구나

어머니 마음
뜰에 머물면 백도라지 피어
날
기다리고 있겠지요

몸은 땅에
소원은 저 하늘에

꿩꿩― 숫꿩처럼
숲에 살다 하늘 높이 날아가게 하옵소서

(2025 ―)

34. 첫 사랑   ... 이 상 록

첫 눈이 온다
첫 사람이 온다

구름에 갇힌
내 첫 사람 소식, 물어물어 달 꼬리를 새겨 간다

희미한 기억 속에
해당화 피는 바닷가 소녀

난, 첫눈 오는 날
스르르 녹아버린 첫눈 같은 사람
오래전
아주 멀리 떠나 아주 숨어버린 내 첫사랑

달, 알고 있겠지요
메뚜기, 알고 있겠지요

먼 훗날
봄,
달 대신 작은 햇살로 속삭여 주겠지요

(2025 -)

35. 푸른 달   ...   이 상 록

동산에 뜬 달
구름 위에 하늘 베어 먹고
날 오라 윙크하네

이밤,
서럽다 서럽다
귀뚜라미 울어 달 지고 있는데

홀로 선
칼 그리움
어디에 다 쏟아 낼까

아,
하늘도 푸르게
내 그리움도 푸르게

내 청춘이여
내 고독이여

(2025 —)

36. 고향으로 가는 길 ... 이 상 록

대관령
대관령, 어디 숨어 있었나

한동안 나 없어
아주 숨어 버렸을까
외롭다 외롭다 아주 먼 바다로 떠나 갔을까

양양 하조대
낙산 해변가

가끔
산 비둘기 물고 온 그리움
산에 막혀 시간에 막혀 이제 가도 될까
개구리 소리에 놀란
저 바다, 파도가 다가와
조개 캐며 놀던 나와 친구들을 하염없이 부르는데...

해당화,
그대도 우리를 부러 다오

풀피리 —

(2025 —)

* 2023년 05월 13일 중랑천을 따라
장미꽃이 무수히 피어날 때 잠시 머리를
식힐겸
사진을 찍어 둔 것임
* 해마다 장미축제가 열리어 공연도 하고
노래자랑도
풍성하여 중랑천 붕어도
이때쯤엔 덩달아
분주히 춤추며 뛰어
다니지요

37. 어머니   ...   이 상 록

푸암리
물길 따라 뱀길 따라
하늘이 내어 준 길
어머니 혼자 걸어 가신다

오늘도
푸암리에서 뽕잎 따는 소리
학교 갔다
집에 돌아온 나에게도 들려와...

숲에서 새알 주워
독수리처럼 날아 푸암리로 달려가지요

어머니, 어머니
손발 다 닳도록 일만 하신 어머니
뻐꾸기
가고 없는 빈 들에서 얼마나 외로웠을까요

어머니, 어머니 —
어두워 지는 저 푸암리 산 기슭에서
뽕나무가 혼자
날 따라 어머니라 부르고 있네요

  (2025)

(*— 어린 시절 푸암리 뽕나무에서 뽕호두 따 먹었지요)

38. 눈이 오면 　　　　... 　이 상 록

창밖에는
창밖에는

내가 살던 고향마을
예쁜 소녀가 걸어 오고 있어요

눈이 오는데
바람 부는데

난,
창가에 부딪히는 휘파람새
저 언덕길 넘어와 갈바람으로 다가오는
그녀

눈이 오면　눈이 오면
오늘 같이　눈이 오면

난,
나무 뒤에 숨은 다람쥐
그저 ―
멍하니 바람만 바라보고 있지요

(2025 ―)

39, 가을 나그네

... 이 상 록

달빛으로 쓴 편지
두겹으로 접어 강물에 띄워 보낸다

여름에 본 오동나무
어디로 떠날 준비를 하고 있다
은행나무도 변해가
검은 땅에 노란 추억, 뿌리고 있구나

홀연히
미련 없이 떠나간
내 사랑도 이런 것이었을까

나뭇잎 떠나가도
열매는 남기고 떠나가는 법

벌레 먹은 나뭇잎도
그 누군가의 그리움이 되겠지요

모두가
떠나가고 없는 빈 가을 산에서 홀로 핀
진달래꽃 ―
내 손 끝에서 다시 핀다

(2024 ―)

40. 강남으로 간 쉘리   ... 이 상 록

오늘,
버스 타고
전철 타고 강남으로 간다

강남 갔다
돌아오지 않는 우리 마을 처녀 쉘리

산 사이에
계곡물이 흐르고
논밭 ― 우리 아버지 허리춤에서 자라나는 고향마을
샘제산 산마루에도 처마끝 제비 돌아왔지요

그립다는 건
맘에서 푸른 새싹이 돋아나고
설레임 돋아나고, 기다림 감추지 못하는 것

오랜만의 휴식 ―
날개 없어도 몸은 자꾸 하늘로 날아가네요

강남으로 간
내 그리움, 어디에서 찾을까
숲속에서 날아온 새 한 마리, 빙빙 하늘만 돌고 있네요

(2025 ―)

41. 해당화   ...   이 상 록

저 바다
갈매기가 물어다 준 그리움
해당화로 피었네

좋은 땅 어디 두고
가시 찔린 땅   쓴 바닷가 모래밭
물 한 모금 조차도...

저 푸른 파도 내 추억 기억 하겠지

학교 가는 너의 모습
가끔 지켜 보고 있었지
벼가 익어 가는 가을 들길에서도 너를...

산 아래
뚝 ― 떨어진 호수같은 그리움

해당화
해당화여 ―
그대
그대 이름은 ―   ?

(2025 ―)

42. 아픈 달

... 이 상 록

빛나는 것은
다 —
금이라고 가르치는 마을이 있었다

그럼
저 깨진 거울 조각도
저 모래밭 사금파리도

하하하
웃음소리 나뭇가지에서 매미가 웃는다

그래도
금이라고 우기는 사람들...
웃어야 하나   울어야 하나

거짓이
우후후 단풍잎으로 떠도는 세상
아!
메마른 땅에 잡초처럼 누운
저 달,
아프다

(2025 —)

43. 감꽃   ...   이 상 록

산 넘어와
솔바람으로 다가온 너

잠결에 감나무에 오르더니
감꽃이 되었구나

아직
덜 익은 감 같아 눈으로만 바라볼게
가끔, 지나가며
감나무에 맺힌 푸른 눈을 쳐다 본다

지금 오른들
널 안아 주겠니 첫 키스를 놓고 가겠니
들녘 황소걸음으로 다가온 이 가을
어느새, 감은 붉은색으로 날 유혹하고 있었다

귀뚜라미 발목에 걸린 계절,
나도 깊어, 맘 깊어, 나무타고 오른다
잔 가지타고 흐른다

아, 달밤이여
갈대숲에서 달꽃이 핀다

(2025 ―)

44. 남자의 순정

... 이 상 록

그리움
오월이 놓고 간 그리움
난, 오늘도 산길을 오른다

돌아 서서
보이는 건 푸른 바다
님이 사는 외딴 마을뿐

발 닿는 곳에 님
맘 닿는 곳에 그리움

어쩌다
험한 길 걸어가도 다 꽃길 이었다

한 사람
한 사람이
반짝, 별빛이 되어
난,
구름에 가려진 먼 산
점박이 푸른 노루 ㅡ

(2025 ㅡ)

45. 예쁜 여인   ... 이 상 록

바람인가
선녀인가

저기
저 여인 어디로 가는 걸까

나도 모르게
자꾸 뒤돌아 보네

강가 버들잎 푸르른데
고향 마을 오동나무 푸르른데

난
푸르다 지쳐
오월
들길 불꽃에 타고 있구나

(2025 —)

* 몇해전에

　　찍어 두었다

　　이제 봅니다

* 혼자 피어도

　　밝게 웃어주는 너가

　　만양 예쁘다

4부 ....

46. 답십리 ... 이 상 록

계곡물
   흐르다 멈춘 갈대밭
      풀 향기 숨어 피는 답십리
         그곳에 토끼도 살아요

작은 산
   숲속의 새
      신성일과 엄앵란

두견새가
   전해 준 러브스토리
      마을로 날아와
         목련꽃으로 피어나지요

학교 갔다 영화 한 편에
   울고 웃는 아이들
      구름 타고 먼 우주를 떠돌다
         은하계 별이 되어
      답십리,
답십리의 밤은 늘, 반짝 반짝 빛나고 있지요
      2025 —)

* 2017년 01월 03일 *

* 2017년 01월 03일
  겨울 어느날
    석촌호수 근처에서
  롯데 월드타워를 바라보며
  찍은 것임

47. 여름밤 냇가에서   ...   이 상 록

달 뜨는 여름밤
   냇가에서 목욕하는 여인네들
      웃음소리 뚝 넘어 와

우리집 강아지
   얼굴 빨개지고 있네

연못가 개구리도
   살며시 엿듣고 있네

뚝방길 옆에서 복숭아 익어 가는데
   물소리 익어 가는데

산 아래 작은 마을
   두더지 삼촌 납작 엎드려 달달 떨다, 달 지기만을
      기다리고 있네

(2025 ―)

48. 산길   ...   이 상 록

학교 갔다 돌아와
  아버지 마음 하나 떼어
    주머니에 넣고 혼자 산길 언덕 넘어 방추골로 걸어 간다
  가을이라 호젓한 산 비탈에서
밤나무 몇 그루
  봄 여름 못다한 말 알밤으로 익어
    뚝 뚝
      길 숲에 말없이 드러누워 주인을 기다리는 녀석
        사람은 없고
      가끔 다람쥐가 와 먹지는 않고 주어모아 땅속에 묻는다
     겨울이 온다는 것을 알고 있었는가 보다
  묻는 것이 아니라 숨겨 두는 것
해외에서 돌아와 보니
  아버지 묘소 양편에 밤나무 하나씩
    자리 잡고 내 주먹만한 고마움을
   떨어뜨려 주고 있었다
  아마도 다람쥐가 아들 대신
외롭지 말라고, 무덤에서 빨리 나오라고 ...
   아버지 혼자 일하는 걸 밤나무에 앉아서 보았나 보다
    한 계절이 낙엽 따라 가버리면 먼 북극 호수 바람이
    쳐들어와 겨울 행세 할 텐데...
      눈 쌓이고 바람불어
     산 날아가고
    다람쥐 날아가면 어떻게 하나
   산길 돌아, 언덕길 돌아 집으로 가는 길
아버지는 없고 다람쥐만 따라오네

    (2024 ―)

49. 아버지 뜻　　　　　…　이 상 록

애,
어디 갔지
상록아, 상록아

학교 갔다 돌아온 나를
잠시도 놓아주지 않는 우리 아버지
툭하면, 밭에 가자　논에 가자
그런 시계소리 듣기 싫어
뒷산 대나무 숲속에 숨어 영어 단어를 어루 만진다

내 머리 속에는
저 바다 건너 큰 나라
아메리카 ― 유엣쎄이 (USA)
내일은 뒷산 바위 뒤에 숨어 책을 봐야지

아버지 눈을 피해
늘 숨고 숨어야 했던 나
이젠, 아버지는 없고 뒷산 바위만 날 기다리고 있구나
아버지,
농부가 못 되어 죄송합니다

　　(2025 ―)

※ 젊은여, 꽃길을 걷지 말자 온실에 안주하지 말자
　　그 길은 독이요 패망으로 가는 길 아닌가?

50. 서울에서...   ... 이 상 록

여기가
강남역 사거리

지하철 빠져나와
시골 아이처럼 이리 저리 혼자 걸어간다

차도 사람도
밀려오는 동해안 양양 시골마을 파도 같구나

풀 한 포기
사과나무 한그루 볼 수 없는
이 강남 거리에
도토리나무 한 그루 심어 놓고 갈까
한여름
도라지꽃 피는 마을, 물소리, 새소리 언제쯤 강남에서도
들을 수 있을까

지하철 잇고 잇어
거리마다 상처투성이 서울 거리에
사람들 넘쳐나도
산 뻐꾸기 한 마리 보다 더 기억 되는
사람이 없구나
(2025 ―)

51. 즐거운 하루   ... 이 상 록

눈을 떠 일어나
목도리 하나에 맘 하나 걸치고
버스를 타고 전철을 타고
바람 부는 대로 느낌 가는 대로

야호 ―
나는 자유인
몇 계절 살고 아주 떠나는 야속한 참나무 갈잎 보다
난, 하루만 떠난다

몸도 맘도
아픈 곳이 없으니
모든 것이 다 설악산 머루알이다

님 없어도
외롭지 않아 떠난 사람 그립지 않아
바람 바람 ~ 바람 불어와 흔들어도
저 산 언덕 위에 외솔나무처럼 나, 푸르름 잃지 않으리

내가 만들지 않은 세상에서 이런 즐거움을 ...

고맙다
우주여, 만물이여
그 속에서 내 삶의 의미를 캔다
거룩한 아버지를 찾아서...
(2025―)

52. 산 비둘기 ... 이 상 록

해뜨기 전
몰래 일어난 우리 아버지,
화전밭에 맘 던지고 어린 나를 콩밭에 던진다

오늘도
소 몰고 진달래 피는 산길을 오르니

구구 ―
저 산 소나무 가지에 앉아
산 비둘기
벌써 날 기다리고 있네요

아버지,
　하루해가 짧은지
　　초승달 빌려 일을 늘려 가신다
　　이마에 흐르는 땀
　풀잎 바다가 되고 부엉이 우는 소리
아버지 따라 산 넘어가네

구구 ―
저 산 아래, 콩 비둘기
이 어두움이
무거운지 자꾸 머리만 조아리고 있네요

(2025 ―)

53. 장한평   ...   이 상 록

바다 위를 나는 새
바다가 좋아 바다에서 산다

강 위를 나는 새
강이 좋아 강에서 산다

사람들,
무엇이 좋아 땅에서 사는가
나는 오늘도
장한평으로 밀려오는 파도 따라
날아가는 새가 되련다

날마다
자유롭다 기쁘다
가끔 장한평역에 내려 벤취에 앉으면
차 한잔에 달이 뜬다

어쩌다 춤도 춘다
짧은 인연도 스쳐 지나간다

장한평 넓은 바다 —
물 아래는 어부의 몫, 물 위로는 나의 몫
저 푸른 바다 위 아기 태양
그 한 사람
아,
눈부시다

(2025 —)

54. 봄 ... 이 상 록

똑 똑 똑
누가 찾아 왔을까

문 열고 나가 봐도
바람 하나 보이지 않는다

똑 똑 똑
누가 찾아 왔을까

문 열고 나가 보니
처마 끝 물방울이 똑 똑 똑
떨어지고 있었다

그것은
초가지붕 위에 눈이
서로 이별하고 흘린 눈물이었다

헤어질 때
"잘가"라는 말도 못하고
똑 똑 똑 소리만 남기고 떠나는 너 ㅡ

지금은 어디쯤 가고 있니

작은 산 계곡에 이르니
지난해 떠났던 진달래 돌아와 활짝 웃고 있네요

(2025 ㅡ)

55. 여름 ... 이 상 록

산 하나 넘고
언덕 하나 넘어 보리밭 숲을 헤쳐 지나가면
바다가 보인다

수평선 ―
선 하나 긋고
그 위를 침범하지 않겠다는 하늘과의 약속일까

해마다
해당화 피어오르면
내 마음 늘 바다에 가 있었지요

비가 오는 날에도
살구나무 몰래 언덕 넘어 바다로 달려갔습니다

개구리 헤엄치며
발꼬락으로 조개 불러내어 놀았던 바다
하조대 해변가

그곳에
작은 바위 3개
바위 위에서 춤추는 해초의 기분에 따라
내 여름은 피고 지었지요

(2025 ―)

56. 가을

... 이 상 록

훠이 훠이
넓은 들판에서
참새 쫓는 아이들 목소리 금빛이다

따가운 햇살이
만양 고맙다는 듯
벼는 고개 숙여 인사를 하네요

험한 비바람
견디며 여기까지 잘 왔다
가을 —
아버지 덕분에 이번 추석에는 선도 보고
흰 쌀밥도 먹을 수 있겠지

내 속 마음
어떻게 알았는지
저 대추나무에 멈춰 선 보름달
크게 웃고 있네요

(2025 —)

* 무슨 생각을 하고 있을까요

What are you thinking?

혼자 생각하는 것을
좋아 하는 편이라 이 귀여운 새를 보면서
나를 보는 것 같아 ...
고향 양양 현북 상광정리 앞에는 시냇가 물이 흐르고
뒷산에서는 뻐꾸기 울지요
참새도 날아와 산 비둘기도 날아와
가끔, 나하고 놀자 했지요

(2025 04 06 일요일 오후 서울 장안동에서...)

57. 남대천   ... 이 상 록

춥고 매웠던 겨울바람
퉁갈나무도 무서워 웅크리고 살지요

양양 월리 친구 집에서
남대천 다리 위를 한겨울에 걸어서 가면
바람은
내가 미웠을까
늘 모래를 훔쳐 와 내 얼굴에 뿌리고 갔지요
따갑다
똑 쏘고 도망치는 벌침 같은 바람
푸른 날
산 넘어 독수리처럼 날아가면 날 기억이나 할까
갈대 바람도
그새 많이 늙었겠지
남대천 ― 3년의 추억
은어, 연어 달빛 물고 뛰어오르면 난 그리운 이름을 불러본다

안 경 모 ~
진우 시원 원병 명순 정희
Namsoon, Sunny, Melene Groove, James, Steven...

아, 남대천
계곡물따 흐르는 송이향
못잊어
멀리 시집간 연어, 돌아 오겠지요
(2025 ―)

58. 도시 까마귀 ... 이 상 록

까악
까악
어디서 울고있나

까악
까악
계속 울어대는 너의 간절함

노래인가
구애인가
허공을 맴돌다 지쳐 땅에 떨어진다

비둘기
청소해 놓고 간 길거리에서
멀어져 가는
사람들 등 뒤에서

까맣게 타는
까마귀 한숨 소리
비 오는 서울 거리에서 내 머리도
까맣게 젖어든다

(2024 —)

59. 나이아가라 폭포   ... 이 상 록

까치가 떨구고 간
  산 메아리, 감나무에 걸어두고
    봄 처녀 봄 캐러 간 사이 나는 미국 캐러 간다
며칠 전 루시 백화점에서 카메라 신발 여행가방 등 구매하고
  여권 비행기 티켓 신용카드도 애인처럼 챙겨 가방에 숨겨둔다
    다음날 대한항공기 타고 미국 좐에프 국제공항에 도착
    미국 사람 억양 택시 뒷바퀴에 매달고 맨하탄 호텔로 가고 있는데
집에 두고 온 아프리카 아자와크 엘이 어느새 내 앞으로 달려 가고 있다
    와싱턴 호텔로 들어가 옷 벗고
      욕실에 들어가 샤워를 하려 했으나 수건도 면도칼도 비누도 없었다
켜진 TV 속 예쁜 여자는 컬 나우, 컬 나우 지금 전화하라고 눈짓을 해 댄다
    내가 잘 못 알고 왔을까
   어딘가 홀린 것 같은 ...
몸은 땅에 두고 천국행 열차를 탄 것일까 지옥행 열차를 탄 것일까

날이 밝아오자 단체 여행버스 타고 뉴저지 버지니아
  필라델피아를 이어가는 코스를 밟았다
    잠깐 사람도 사귀고 사진도 찍었다
포토맥 강가에서, 로리 동굴에서 ... 새 하늘 과 새 땅을 보았다
  2박 3일 일정이 끝날 무렵 한 여인이 다가와 나이아가라 폭포행 비행기
    같이 타자는 제안   약간 검은 피부에 파란 눈을 가진 30대 여성
   며칠 사진도 같이 찍으면서 마음도 찍어 둔 것 같다
숨어 있다 불쑥 튀어 나온 암사자 앞에서
   나는 멧돼지
     아니면 파푸아뉴기니 국왕 사위가 될 것인가
그때 저쪽에서 린드버그 안경을 낀 한 여성이
   모델처럼 걸어오고 있었다

    (2024 —)

60. Central Park   ... 이 상 록

Where should I put my mind?

After losing one person and the other,
I needed to leave for a new life. December 23, 2000 to the USA
I flew over the sea, lived 10 years
and 7 months in the City of New York.
There were neither friends nor any relatives I knew, but the neighbor
that led me into the way to the new life was Ms. Melene Groove. Luckily,
it was the door of the first assistance that was opened for my future life

Central Park
There green leaves of one thousand
        birds' singing of one thousand
        emotions of one thousand
as flowing through the forests, have been blooming the flowers of life,
hope, freedom, sacrifice, and love.
The mind that I threw into the lake when I left there, was gradually
spread out into green water.

Central Park, Central Park —
On the the lake of the Park,
two birds flew into the sky. In the end become a star and now are
twinkling like a firefly: one for the poor , another for the prayers.

Central Park,
Cenral Park —
Returning to my homeland Korea,
sometimes I miss you, as picking a leaf up.

(2025 02 24, written by Lee SangLog)

60. Central Park (쎈추럴 팍) ... 이 상 록

내 마음 어디에 두어야 하나?

한 사람을 잃고
또 한 사람을 잃고 나는 살기 위해 떠나야 했다
2000년 12월 23일 바다 건너 미국으로 날아가
10년 7개월 살았습니다

내가 아는 친구나 친척은 없었으나
새 삶으로 인도해준 이웃사람 멜렌 그루브가 있었지요
다행하게도 그건 내 미래 삶을 열어준 첫 번째 도움의 문이었습니다

썬추럴 팍, 쎈추럴 팍 —

거기 천개의 푸른잎과 천개의 새 소리와 천개의 감성이
수목 사이를 흐르며 생명의 꽃, 소망의 꽃, 자유의 꽃, 희생의 꽃
그리고 사랑의 꽃을 피워 가고 있습니다

거기서 떠날 때 호수에 던진
내 마음 점차 널리 퍼져 파란 물이 되었지요

쎈추럴 팍, 쎈추럴 팍 —

공원 호수 위에
새 2마리 하늘로 날아가 별이 되어 반딧불처럼 빛나고 있지요
하나는 가난한 사람을 위하여, 또 하나는 기도하는 사람을 위하여

쎈추럴 팍, 쎈추럴 팍 —
나는 내 조국 한국으로 돌아와,
나뭇잎 하나 주워 가끔, 널 그리워한다

(2025 02 23, 이 상 록 작 및 번역)

5 부 ....

1) 제2 시집 (산 너머 진달래) 엿보기

1. 종 소 리   ... 이 상 록

수양버들 가지타고 널뛰면
    명순이가 보이고 그 옆에 현북중학교 산 아래
        시냇물이 흐르지요

도시락
    안싸준 엄마 미워
점심시간 집으로 뛰어와 참새처럼 쪼아먹다
    종소리에 놀라 가젤처럼 달려갔지요

상금 없는 달리기 늘 일등이다
    아침마다 12키로 뛰어
        등교하는 어성전 반 친구들
           그중에 상원이가 도 마라톤 대회에서 1등,
              고교 스카웃되었다
그럴줄 알았으면 나도 아버지 졸라
      더 먼곳으로 이사 가자고 했을 텐데...
샘제산 솔향기 푸르러
      나도 푸른 시절에 머문다
        (2025 04 19)

2. 이슬비

... 이 상 록

달 품고
   떠나가신 어머니
      멀어서 못오시나 길 막혀 못 오시나

이른 아침
   아버지 소몰고 강 건너 가시네
      산 넘어 가시네

뻐꾹 뻐꾸
   뒷산 소나무 가지에 앉아
      날 부르는 뻐꾹새

아무도 없는 산촌마을
   빈집 뜨락에서 길고양이 먹이주는
      옛 어머니 사랑
         이슬비로 내린다

(2025 04 19)

3. 혼자 뜬 달   ... 이 상 록

사슴이 넘어간 산 길따라
　　어두움 헤치고 나는 가야만 했다

그곳에 부모님이 계신 것도 아닌데
　　님이 꽃잎 물고 기다리는 것도 아닌데...

나는 그리로 비에 젖은
　　검고 음산한 귀신들린 나무 사이로 가고 있다

북쪽 마을 북쪽이 삼켜 늘어진
　　뱀 길에서 경계병 총소리가 내 흉부를
　　　　스쳐 지나갔다 영혼도 파편처럼 부서져 땅에 뒹굴어

한참 지나 눈 떠 보니
　　저기 저곳, 벚나무에서
　　　　돌미나리 캐던 어머니 웃음
　　　　　안도하며 돌아오는 길에
　　　　혼자 뜬 달 ―
　　　　　　아, 그 속에서 웃고 있는 한 사람
　　　　　어머니
　　　　　달이 저렇게 밝은 것은
　　　　어머니 웃음이
　　더해졌기 때문이었다

　　　　　　　(2025 04 07......제 3시집 게재)

2) 추억 엿보기

(*2025년
저자의 모습
차 안에서...)

(* 고향 양양 하조대
기사문리 밤바다)

* 장안동 모 아파트
  단지 안에서 본 동백꽃
  생화는 처음 보았음
  ― 2025년 4월 9일 ―

* 장안동 뚝방에서
  2025년 4월 벚꽃 피던 날

* 2001년 미국 뉴욕
퀸스 애쉬 애번뉴
모 학교 교정에서 찍은 사진...

* 2003년도
맨하탄 타임스퀘어가서
찍은 사진, 플라싱에서 30분 거리

* Univ.Campus Life

(*University Students)

(*Columbia Univ.Campus)

(*Students who are walking around Campus)

(*Columbia Univ. Campus)

(*당시 구내 식당에서 저자...)

(*컬럼비아 대학 교정 NY)

(*Who do you think is the man reading a book?)

(* EMBA 수여식 —NY1)

(*저자가 살았던 애쉬애번뉴 7번가)

3. 그리운 친구들

안경모 ㅡ
우진, 원병, 시원, 진우

정희 ㅡ
정애, 미리, 명순, 명임, 진접면 영숙, 직원 성희

Melen Groove (교수) ㅡ
Jennifer, Sophia, James, Steven
Namsoon, Sunny, Martin and Julia, Linda

Dear Friends,

I am Ellmorn Lee, who lived in New York with some of you.
In 2024 I became a poet in Seoul.
Since that, I have enjoyed spending useful and happy days by
writing poems in Seoul, Korea.
Not long before, I would like to meet all of you and have a
joyful time. Are you all doing well?
Sometimes I pray for you, like this "Let them all walk to the
way that God in the heaven leads".
The phrase that I love best in my pray time is just it.
Two years later, I will visit New York City on business.
Keep in touch.
From your friend Ellmorn Lee
(이 상 록, 2025 04 26) * Tel: 010 7788 2799 (a77882799@gmail.com)

4. 후원하기 ...

길 지나가다 꽃 한송이를보면...

그냥 지나가지 말고 "나를 위해
예쁘게 웃고 있어 참 고맙다"
비 바람 맞으며, 찬 눈보라 맞으면서,
여기까지 왔으구나 며칠 있으면 헤어져야
하다니... 1년을 어떻게 또 기다리지...

아무에게도 말하지 마라

좋은 일을 하고도 떠벌리면 하늘의 상금이 없다고 했다
돈을 주려거든 거저 주어라 보상을 받으려고 하는 것은
기부도 후원도 아니다

농부가 볍씨 한알을 뿌리면

보통 60~ 120개의 벼알이 맺힌다
성경에 30배, 60배, 100배 거둔다는 말이 나온다
씨 뿌리는 자가 곧 수학할 것이다

※ 후원을 기다립니다
모아진 후원금 일부는 시 발전과
어려운 이웃을 위해 소숭히 쓰겠습니다
(* 새마을금고— 9002 1868 080 51 — 이 * 록)

---

1. 길에서 본 철쭉

꽃 한 송이
1년을 기다려 피었는데...
비오면
  또 지고 말아
그리움이 아픔이다

너를 기억하려고
    길 멈추어...
또 1년이
산 넘어 가면
다람쥐 도토리 찾으러 왔다가
님의 소식
떨어뜨려 주고 갈까

(2025 04 17 이상록)

올해도

　철쭉 꽃 찾아 왔어요

고맙다

　예쁘게 찾아와서

　　내 님도 그랬으면...

(2025)

2. 봄 꽃

봄
산 넘어 오지요

그리움
강 건너 오지요

나비 한 마리
살며시 날아와
내 어깨 위에 앉으면

난
님의 꽃으로 피어 나지요

(2025 04 27 이 상 록)

* 5월이 오면

　　호랑이 훔쳐간

　　　　장미 돌아오겠지요

Two roses are smiling

at you.

3. 달

마을 아이들
웃음 소리 ― 호호 하하

날개 달고
저 하늘에 오르면
별빛 깜박 눈인사 하지요

달 뜨면
엄마 그리워
동산에 오르지요

나 혼자
무섭다 울고 있으면
달 내려와
날 안아 주고 가지요

달은 내 친구
꿈에
꼬 ― 옥 안고 잘래요

(2025 05 03 이 상 록)

4. 마을 냇가에서...

학교에서
집에 돌아와 병아리 숫자 세어보고
난, 냇가로 간다

물고기, 개구리
소금쟁이, 메뚜기

모두가 흥겨워
뛰기도 하고 날기도 한다

오늘도
냇가는 나의 친구

해 지는 줄도 모르고
놀다 배고프면
송아지 꼬리잡고 집으로 걸어 오지요

(2025 04 19 이 상 록)

5. 하조대

살구꽃
피는 마을

보리밭 길
언덕을 오르면
엄마가 몰래 숨겨둔 푸른 바다가
있지요

야호 ―
뛰다가 날아 간다
아무도 없는 곳에서
파도는 외롭게 춤을 추어요
날 부는가

어린 시절, 한때
나는 그 바다의 해초였지요
먼 훗날
그 바다 찾아가면
해파리,
조개, 해초, 작은 바위 3형제
모두
날 알아나 볼까

(2024 ― 이 상 록)

시골 마을

냇가가 흐르고

개구리 헤엄쳐 다니는

어린 시절의

추억을 담고 있는 사진

속 이야기

*추억의 사진 3

*Manhattan Time Square

*My hobby is dancing
on weekends.

C) 시 창작은 ?

* 시를 쓰려면 해야 할 요건이 많이
  있지만 여기서는 간단히 몇가지만 기술해 보겠다

* 글이 시가 되려면 최소 3요소는 갖추어야 한다
  1, 운율
  2, 심상
  3, 주제
* 그리고 시를 쓰려면 시에관한 공부를 적어도 반년 이상 꾸준히
  해야한다   초중고교생이라면 매일 일기 쓰기부터 하는 것이좋다
  대학생과 성인은 수필을 권장 하고 싶다
  그렇게 10년이상 연마 하고나서
  시 공부와 시쓰기 연습에 들어가면 한결 수월해 질 것이다
  그리고 인생 경험도 많이 필요하다
  특히 시골 환경에서 10년 이상 살아 보기를 바란다
  시의 향기는 거기에 많으니까...
  시가 시다워지려면 시적 향기, 생기, 힘, 스토리, 멋, 깊은 뜻,
  경구, 유머, 은유, 기교, 리듬...등 다양하게 적용 되어야하고
  지나친 허풍이나 미사여구는 배제 되어야한다
  모든 게 다 그렇지만 글 실력도 하루 아침에 올라가지 않는다
  시인들의 글을 많이 읽어야함은 물론 평소 꾸준히 글 쓰는
  연습이 필요하다 (*시 경연대회에서 상금도 많으니 해볼만하다)

D) 영문 에세이 ··········

1) A Black and White Cat   ... 이 상 록

In a spring evening time of the year 2000, I was walking home directly after getting off the bus. My house was just three blocks away from the bus stop. When I reached the second block, an unknown cat went by in front of me very quickly and it was likely that he stopped to take a look at me.

I continued to walk forward slowly and silently to see how he reacted. There was a cat I had never ever seen and it kept following me just like a dog and then swiftly passed by in front of me again as if being interested in me. In a few seconds he repeated the action again.

I did not know why he was doing this to me. In the end I returned home with him. But I could not enter the main door because there were three roommates in the first and second floors. I thought that it would be impossible to bring this guy into the room that they were using without any previous permission.
So I turned around to the door toward the back yard and opened it. Luckily the poor guy was so tamed that I could show him to the basement. It was dark and a little weird, but every summer I used to remain and read books there to avoid the hot and sticky days as well as to stay cool. There was a single bed in the basement I used last summer.

To welcome this unexpected boy I put a few newspapers and soft clothes beneath my bed for his nestle to sleep. Before sleeping, I fed him some food and stroked him tenderly several times saying "You are my family member from now and I will take good care of you like a baby."

Next morning I woke up and found him sitting right nest to my head. As soon as I looked at him, he said something unknown to me. I guessed for a while how long he was waiting for me on the spot and how he jumped up without slightly touching me. I thought he was a gentle guy who was well-educated and much loved by someone.

I gave him a big hug and kiss, and then fed him for breakfast. I went out and until I returned home, he usually waited for me, sitting under the van. Whenever he saw me who was walking into the front yard, he ran to me just like a dog. Every time I saw him,

I was really impressed and wanted to say "You are not a cat but a man." But the happy days I shared with him were not long, because I had to move to another village and there was not a proper atmosphere for him.
That is because some people who lived in the house that I was supposed to move into did not like me to bring him. The fact that I had to depart from him forever in a couple of days made me extremely depressed so much that I couldn't sleep all night. On the final day I took him to a neighbor who wanted to raise the poor boy.

It was lucky that he could meet a new nice family. Several times after that I loitered around the house in order to see him. I took a chance to look at him in the distance about 30 meters. At the moment he did not realize me and he did not follow me any longer.

If he was a dog, he sure would follow me without any hesitation. It was a big difference between cats and dogs.
However, the only hope I desired was to see that he happily got along well with the new family. Leaving the village, I would like to say again, "I loved YOU and I was so sorry not to take you to the new village I moved in."

2) A White Goose   ... Ellmorn Lee

There is a park in Queens called Kissena Park. It is about a twenty minute walk from my apartment. The park has a large lake and a dozen beautiful trees. And I used to see hundreds of ducks and geese swimming in the water. Only one of them was a white goose and it seemed like that she was a leader.

Every time I saw her, she was being escorted by three or four light gray geese. They always followed her wherever she went. At all times I was curious about who really was her husband. But I couldn't know about it at all even though it had been passed four years
.

Late spring 2010 I was much surprised to learn that she was taking care of about ten baby geese in waters and they were all eating some pieces of bread that people threw when I was walking along the lake.

All of a sudden the mother goose started to swim to reach the other side and soon all the baby geese in a line or in a group went after her mother. And she sometimes made a cry in a loud voice.

I thought that it would probably be a kind of order "All of you should always follow me." A long summer passed and they grew up as nearly an adult enough to fly somewhere for the upcoming winter. I got to know that geese preferred winter to summer. That's why I can see ten thousand of geese and ducks in winter, and at most fifty or so in summer.

Many people who live in Queens come and enjoy walking, jogging, and running around the lake and some people are seen to read something sitting on the bench or on the grass in the park.

The lake has many turtles and fish under the water and also lots of birds and squirrels live in the woods of the park.
It was enough to make me feel romantic to walk seeing the reed woods in late fall.

There was a small hill across from the woods and I found the monument in memory of the U.S. soldiers who fought for Korea 6.25 War. Who built this? I really wanted to thank all the people who made an effort and completed it.
For a while I could not say anything in front of it.

What a tragedy it was that those who could live more could not live more? I felt heartbroken after reading all the names carved in the holy stone.

Now I wondered very much what our Korean people, especially young generations think of America and what they can do for the U.S. and her young soldiers fought and died for us when we were in need and deep danger.

I'd love to say to Korean people "Never forget the heroes and their countries." That's because it's the least morality and humanity for us as a man to do so. Today I offer flowers made of my mind to the soul of the deceased. And they will be reborn as flowers in our Korean people's hearts forever.

Meanwhile, it was getting darker and the white duck was still peacefully swimming and seeking something to eat with her family in the lake.

When I walked along the lake with some pieces of bread, she used to follow me as if she wanted to eat them. If I came here three years or five years later or in another ten years, could I see the white goose again that was peacefully swimming on the lake?

◆ Lake in Kissena Park
2001

3) In Dormitory   ··· 이 상 록

When I was in Seoul 1996, I was supposed to take a trip to the
Indiana State with a boy who lived in Joonghwa—dong. In fact, this
was not a journey, but an errand to me. Because His mother asked
me to take him to the Indiana State University safe for the spring
term. Through a few days' conversation with her I realized that his
mother was very much worried about her only son's security and
college life in the future. But for his big dream and vision she
finally came to the decision that she had to send him to the
university.

On January 7, 1996 he and I got on the plane via an airport in
Cincinnati city to Minneapolis Airport. We spent a joyful time being
served some food with drinks from a beautiful stewardess, but it
sure was a fresh and a sort of adventurous experience to us.
There were tons of heavy snows in the Minneapolis Airport. As
very quickly as we got out of the plane, we had to be shivering.
Luckily the guide from the university was waiting for us with a
picket that was written the student's name in the hallway as I
made an appointment. He led us to his car very kindly and gently.
I remember that it took us an hour and twenty minutes to get to
the University dormitory; it was named
"Jones Hall".

In admissions office we checked in and he went to his room in
student dormitory and I went up to the guest room of Jones Hall.
My room was on fifth floor and it had two single beds on each
side. It was about seven o'clock. I was relieved and prayed my God
a brief thankful prayer. And then I threw myself in bed to sleep.
But I was too cold to sleep in there. I felt something windy coming
in out of the window. It was really bitter cold winds coming in
from several small gaps between the two windows.

I hurried to the bathroom to take some toilet papers and tore some off them to attenuate the terrible situation. After I had to struggle the winds for nearly an hour, it was much better for me to sleep again. But all the night I scarcely fell asleep.

I began to worry about who will carry me to the airport next morning. It was my big mistake not to earn the guide's business card in the car. I should find a new way to solve the problem until the next morning.

Actually it was likely that the country village had not a taxi running around the school. It worried me more and more.
And no one knocked on the door in my room that night to ask something or serve something for me. And I did not find the office telephone number for help in the room.

I managed narrowly to contact a private call taxi driver in the yellow page around two or three in the morning. He was a savor like a Jesus

◆ Elder Avenue

Christ. He promised to pick me up at seven in the morning in front of Johns Hall. In time I got dressed and hurried out of the room without leaving any good-bye to meet the new driver.

His car seemed to be a very old junk car that was used over thirty years. But I was happy to know that I could fly to the City of New York a new adventuresome place.

As a mater of fact, I made a three day—reservation payment to the college, but I couldn't stand anymore in that atmosphere. That night in the room of Johns Hall was a very terrible to me, but it was coming closer to me with a funny story as I was getting old.

Therefore, I came to the conclusion a trip —— it might be a wonderful resource and energy that could enrich and amplify all the people's life.

4) Tennis Court   ... 이 상 록

On a fall day three years ago, I went to a village playground not far from my apartment and there were several sports facilities for children and one wall for people to play hand ball or tennis practice.

When I got there, the tennis court was already occupied so that I could not start practicing. After a thirty-minute wait, I could get in and enjoyed hitting the ball against the wall for almost an hour. Just then a middle aged woman was waiting for the next turn.

Actually I wanted to do the play thirty minutes more, but I decided to go back to the bench lined in the edge. I walked close to her and said to her. Hi, how are you? And added this is my first time today in here, and how often do you come here?

She answered she comes three or four times a week. I had a nice conversation with her for twenty minutes and left her after promising to see each other next. We could meet there twice a week and sometimes we used to go to restaurants for a talk and relaxation.

Fall and winter seasons passed and soon a beautiful spring began to come. I love taking pictures, so spring and summer are the favorite to me. They give me a lot of backgrounds and spectacular nature scenery. Almost all the photos in my entire book I wrote were taken and illustrated by me.

I thought that a photograph is a great mentor who can always arouse the past things or forgotten to us. Our life is limited on earth, but the picture in the book will be eternal in case it is delivered generation to generation.

In order to get some nice pictures, I headed to the Queens Botanical

Garden in Flushing and I met her there.

I loved talking to a person who could speak English very well like American people. It was because that was a kind of real experience study to me. And listening to live voice in such an atmosphere never made me tired or bored, in addition it was pretty much more effective than listening to radio or TV news.

We shared many stories with each other sitting on the bench that was enclosed by the beautiful trees in blossom. The relationship between us was just a friend who shared a talk and sometimes played tennis together without having any emotion or affection. It lasted a year, but I made a big mistake. I was supposed to see her seven o'clock at a chicken snack bar on Roosevelt Avenue.

However, all of a sudden I couldn't go there due to a personal thing, and I left some message ten minutes ahead to meet her that

"I'm so sorry I can't see you there at seven. Don't come there. When I meet you next, I'm going to tell you about the reason. Bye." Next morning I called her several times, but she didn't answer.

And the next day I called her again to contact, but unluckily I had to hear "the number had been disconnected. I was overwhelmed and overcome with the unexpected sudden spiritual detachment and silent separation from her.

For a while I had missed her and wanted to see again even though we were not a lover. In the end I lost a good friend. However, I will never forget everything she gave me.

When another spring comes, I will go to the Queens Botanical Garden and sit on the bench to smell something she left. I still remember a word "hive" of the words she talked to me. All I desire is that she enjoys happy life like honey in the Hive.

It seems likely that the upcoming visit will be the last to me because after that sooner or later I must return to my loving country Korea so that I can release some books which were tailored for Korean Students and adults I wrote before. Five years or ten years later I want to come back again to this town as a tourist in order to return the help that I got from her to somebody.

♦ Front Yard of Q. Botanical Garden
April, 2003

5) My Hometown   ... 이 상 록

The hometown I was born and raised is sited neighboring the
East Sea eastern part of South Korea. It consisted of four
small areas just like an island that water was running through
them. Each of them was named Barambul, Soljeongji,
Bangchugol, and Gomsugol.
But they were officially united with the one name called
"Sangkwangjeong—ri."

I lived in Barambul where it had a meaning of "a heavy windy
village. It was really true, because I had experienced seeing
and feeling almost twenty years that village had have the
weather like storms at least four or five times a month,
especially in winter season almost seven days a month. So the
strong wind used to cause a lot of damage to the houses that
were covered with straw or tile roofs.

But there were many beautiful mountains, streams, and shores.
The village is famous for its mushrooms which grow up by
the dint of the fungi of fine trees in the big mountains.
Almost all of them were exported into the Japan in those days
at high costs and we could barely have a chance to eat the
fine tree mushrooms.

Actually I used to climb the mountains so many times to seek
for them, but it was not easy to find out where they were. It
was because they nearly grew up under the soil.

There were a primary school and a middle school in my hometown when I was young, and a catholic church was in front of our house. The father of the church was a tall and handsome man from England.

I always wanted to talk to him whenever I happened to meet on the road, but it was impossible to me. I never knew English because its teaching was not given to us kids in the primary school.

A year ago the graduation from the school the church established a middle school about two blocks away from our house. However, I lost the chance to enter the school due to the unsupported and uninterested ignorance from my father. So I couldn't help being a kid farmer.

I worked all day long on the farm and in the field from early morning to late evening with my father, and sometimes I have to put something heavy on my back and carry it like a working cow.
It happened when I was 14. In the mountains, in the vegetable fields, and in the rice fields I used to do many kinds of work that I cut the trees or planted seeds, fed fowls or harvested crops for a year instead of studying in middle school. One sunny June afternoon,
I was cutting dead trees with a saw in the cliffy mountain about a mile away from my house so that

I could get stuff to make a fire for cook. In those days we scarcely used any electric appliances except of woods or tree branches for daily life commodity.

Soon after I finished my work in the mountain that day, I began to head home. I was carrying the cut heavy trees on my back for almost thirty minutes and then I got so hungry and exhausted.

So I needed to stop to take a rest for a while on the hill just the backside of the middle school in which my former primary schoolmates were. I totally felt wet from the head to toes by perspiring.

I took off the t-shirt and started to wipe the sweat off my forehead and chest first sitting on the hill. The moment I was breathing the mountain air was beyond description on how clean and fresh my soul was.

For a while I was looking down at some students who were playing and running on the ground.

On the spot I made a big decision saying "I am sure I will go to that school in next year spring. At last spring and summer, fall and winter passed.

A new spring semester was coming to me, but my father was absolutely not interested in arranging me to go to school. It was so sure that he intended to make me work continuously like the last year.

There was no way to persuade him because I was so young. Therefore, on a drizzling day I approached my mother and said with a very determined manner, "I will go somewhere and never return home if she did not agree with my application for admissions to the middle school." My mother was so surprised at my sudden bloodcurdling word that she soon showed me the sign of the agreement "Don't worry."

I felt on top of the world when I heard that. It was a new moment opening my dream and hope and ambition for the better future.
I felt I was changing from a kid farmer into a new student. Finally I became a student of that middle school with big pleasure. Studying was pretty much easier than the work I did in the mountains and in the field.

I still remember the teacher who taught me English at the school. His name was Kim Joong-Rae, he always read a book in a nice sound like an American TV announcer.
I loved learning English very much thanks to him in those days as well as now.
Someday when I return to my country Korea, I'd like to sit on the hill where I used to walk and I want to have a back seat at the classroom where I was present in the middle school days.
Finally, I am desperate to see my great teacher Kim Joong-Rae who let me be much interested in English. And furthermore I'd love to have a talk with the students who are now studying in that middle school.

I didn't say yet the school name, but I am now going to tell you. The name was Hyunbuk Middle School I couldn't forget forever.
Even though it was a very small unknown school in the country until now, I strongly desire that from now the school will be getting more and more famous for English, hoping that I'd like to see the father of the Catholic Church that I studied for one semester under the construction of the middle school.

I am also now missing the people I grew up with in the village and the beach Ha Jo Dae I used to swim in summer days with three old best friends Han Chang—Wook, Lee Sang—Bum, and Oh Soon—Shik who might live in Jeju Island, and as well as the Pi—a—gol (gol means "valley") with SemJeSan (San mean "mountain) that keep silently the mementos of my childhoods and boyhoods.

The older I am getting, the greener I want to keep me like fine trees on the knoll I had worked and studied. I am going to say to young generation "Never give up your dream and hope and ambition."
If you don't have them all, plan now, create now, and run toward the goal without looking back.

The precious success will come closer to you when you take an action on them.
The real fragrance in life probably starts from there.

Life without dream seems like flowers without aroma. I have a dream. You have a dream.

We have a dream. So I still love Martin Luther King's the powerful speech. Listen to his voice when you are helpless. And get up where you are and run away to your goal. Life is a kind of art we have to create, decorate, and demonstrate.

(January 23, 2002)

(*New York 2007)

6) A Poor Tree   ... 이 상 록

Four years ago I moved to Ash Avenue from 151st street,
Northern Boulevard. It was very busy and noisy around my
apartment by ambulance sirens. One evening I was walking to
see and know what buildings and stores were around my
neighborhood.

I kept walking about for thirty minutes and found that a hug
tree stood on the side of the sidewalk, and the tree was in
the garden of the church. I was so shocked to see that the
waist of the tree was chained by several iron bars and it
seemed like that the tree was belted by them over twenty
years.

And the threatening iron bars were already deeply set in the
tree. How come such a thing could be possible in U.S.?
Moreover, in the holy church? I could not believe it.

It was so hard to stand or look over anymore. It was a
cruelty as if somebody was cursing and whipping our pets. I
got pretty much upset about that. For several months I was
thinking about the poor tree.
The tree was being controlled under the church. I went into
the church and really wanted to ask somebody about it. Have
you adored only people, not trees?

But, I did not have courage to so say that until now. When I looked into the tree very carefully, it was already impossible to get rid of the weird iron bars off the tree safely without any deep hurt. Threes could not say anything to us even when they were sick.

All living things on earth must be protected and cared by people as long as they were helpful to us. To protect nature will be able to start from trees in our garden or in our village.
Before leaving the village, I really want to ask somebody in charge of the church or the mayor of the city of New York for help so that someone can pick out the terrible iron bars off the tree.

Every time I went by there, I used to feel heartbroken. How many people in the church are thinking the same as I? One day outside the church I could hear the hymn unpleasant to me coming out its window.
The final word I really wanted to leave to them was "Love Tree, Too", leaving there.

(April 23, 2003)

— The end —

E) 감사의 인사 말

Thank you for joining me.
See you again in the second
    poem   volumb   which   is
suppose   to   be   published   late
fall of 2025.
I wish you good luck.

함께해 주셔서 감사합니다
2025년 늦가을 출간될 제 2시집에서 만나요
여러분의 행운을 빕니다
(2025 04 30 서울 장안동에서...)

● 문의 사항은 아래로...
● 전화 : 010 7788 2799
● 이메일 : a77882799@gmail.com

.... 이 상 록 ....

난,
너에게 반했어
(* I fell for you.)

*어느 날
우연히 뉴욕에서 만난 너,
지금도 난
널, 그리워 한다
(I miss you.)

*Here is Manhattan,
New York.

*Flushing that the writer
lived near the church
showing below.

F). 감사와 당부의 말 ....

지금까지 살아 오면서 크고 작은 경험과
해외에서 느낀 삶의 일부를 시로 표현해서 널리 세상에 알리게
되어 기쁘고 행복합니다

포기하지 않고 꾸준히 오랜 세월 글을 써 오다 보니
2024년 정식 시 입선의 계기로 한국 시 문단에 등단하면서
시집 1 (처음 본 달) 2025년에 출간하게 되어 가슴 설레이고
또 출판에 앞서 많은 조언을 해주신 선배 시인님께
큰 감사를 올립니다

그리고 또한 하움출판사 문현관 사장님과 관계자 여러분에게도 아울러
깊은 감사를 드리며...
끝으로 저의 글을 애독해 주시는 독자 여러분
앞으로도 시집 1,2,3,4,5... 계속 이어집니다 **"황소처럼 꾸준히 밀
고 나가십시오 늘 준비하는 자에게 기회는 반드시 옵니다"**
건강과 행운을 빌면서..

(* 시집 2 ... **"산 너머 진달래 "** 도 있습니다

*각 서점 및 온라인 판매중...

"처음 본 달" 지은이 이 상 록

(— 2025 04 26—)

G) 맺는 말 ....

언제 어디서 무엇을 하든, 하늘과 땅과
인간 그리고 모든 만물을 지으신 거룩한
하나님의 축복이 항상 함께 임하길 빌겠습니다

강원도 양양 현북면 산촌 마을에서
평생 농부의 아들로 흙에 묻혀 살 줄 알았는데......
멀리 미국 유학까지 보내 주신 영의 아버지께
먼저 한없는 감사를 올리고 싶다
학교 갔다 집에 돌아오면 공부할 시간을 막은
육의 아버지 때문에 뒷산 대밭이나 바위 뒤에 숨어
공부했다 그래도 하나님은 나를 들어 미국 유학을 시켰고
시인이 되게 해 주셨다 육신의 아버지 보다 영의 아버지가
더 좋은 걸 어떻게 하랴
여러분과 여러분의 가정에도 하늘의 축복이 ....

*From the heaven
God bless you, and your family also.)
(2025 04 28 저자 이 상 록)

지은이 이상록 (양양시인)

....

편집 김해진
마케팅·지원 이창민
교정 이상록
펴낸곳 하움출판사
펴낸이 문현광
이메일 haum1000@naver.com
홈페이지 haum.kr
블로그 blog.naver.com/haum1000
인스타 @haum1007
ISBN 979-11-7374-061-9 (03810)
1판 1쇄 발행 2025년 05월 30일

좋은 책을 만들겠습니다.
하움출판사는 독자 여러분의 의견에 항상 귀 기울이고 있습니다.
파본은 구입처에서 교환해 드립니다.